Couvertures supérieure et inférieure
en couleur

[HEN]RI BEAUCLAIR

# LA FERME A GORON

PARIS
TRESSE & STOCK
Libraires-Éditeurs
8, 9, 10, 11, GALERIE DU THÉATRE-FRANÇAIS
PALAIS-ROYAL
1888

Dijon. Imp. Darantiere.

# LA FERME A GORON.

---

## DU MÊME AUTEUR

*Romans :*

LE PANTALON DE Mme DESNOU

OHÉ ! L'ARTISTE !

*Vers :*

L'ÉTERNELLE CHANSON

LES HORIZONTALES

PENTECÔTE

*En collaboration avec Gabriel Vicaire :*

LES DELIQUESCENCES D'ADORÉ FLOUPETTE

---

Dijon. Imp. Darantiere

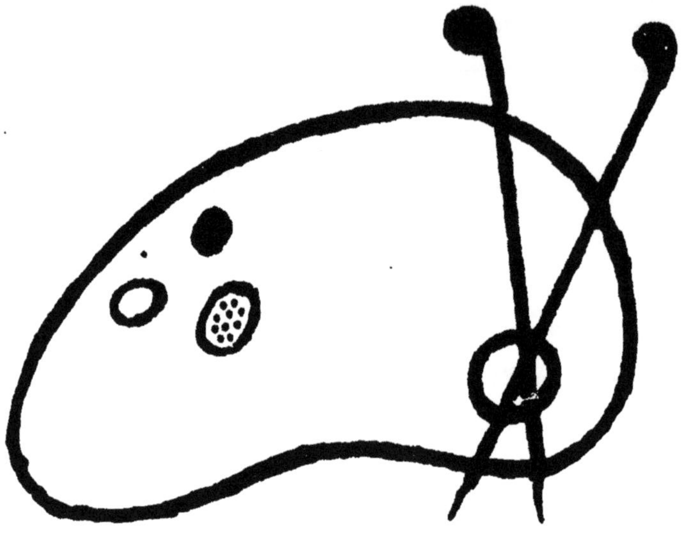

# Typographie de couleur

HENRI BEAUCLAIR

# LA FERME À GORON

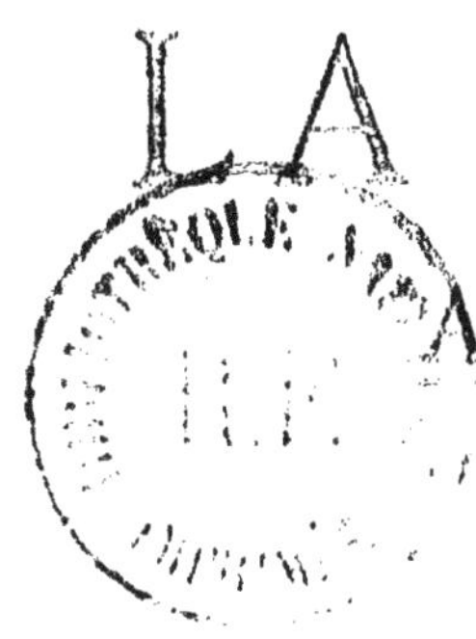

PARIS

TRESSE & STOCK

Libraires-Éditeurs

8, 9, 10, 11, GALERIE DU THÉATRE-FRANÇAIS

PALAIS-ROYAL

1888

*Il a été tiré à part, sur papier de Hollande, dix exemplaires numérotés à la presse.*

# I

Comme Cyrille Goron se promenait sur la berge, un homme passa qui lui tendit la main :

— En v'là, un brouillard ! Si c'était comme ça du côté d'Harfleur, y'a eu du mal à entrer dans la passe ! C'est pas étonnant que l'*Eclair* soit en retard. V'là plus d'une heure que je l'attends !

— Et qu'y n'fait pas chaud, à ç'matin ! père Sandré.

— Y'n'y aura pas beaucoup de voyageurs pour Rouen. Quand y fait mauvais temps, j'ai vu des fois la mère Bidel monter toute seule au Havre, avec ses paniers de poissons qui puent. Elle descend à Caudebec, et le bateau va tout vide jusqu'à Rouen.

— Faut-y tout de même que vous soyez là ?

— Tout de même, en cas qu'y aurait des voyageurs pour Jumièges, des Englisch qui voudraient voir l'Abbaye. Mais vous, attendez-vous quelqu'un ? On ne vous voit jamais sur le bord de l'eau. C'est-y vrai que vous en avez peur ?

— C'est vrai, ma foi !

— Vous seriez pas bon Mathurin !... Ecoutez donc ! On dirait que v'là notre affaire. Quand on ne voit pas, on entend. V'là l'*Éclair* qui vient !

Une barque flottait, au pied de la

berge, attachée à un piquet, par une corde, le père Sandré y sauta lourdement et, l'ayant détachée, s'éloigna en s'aidant d'un aviron appuyé sur le talus.

— Si vous tombiez à l'eau, tout de même ! ou bien, si vous butiez contre les roues du bateau !

— On connaît ça ! Y n'y a pas de danger !

La barque disparut dans le brouillard épais qui montait de la Seine. Un clappement rhythmique s'entendait ; au bout d'un instant le bruit cessa. Puis une voix cria :

— Jumièges !

Une autre répondit :

— Personne, mon vieux, de ce temps-là !

— C'était bien la peine d'attendre une heure !

Cyrille Goron cherchait à voir dans

le brouillard. Mais il ne pouvait apercevoir ni le vapeur ni la barque du père Sandré, le passeur.

— Quel métier! se dit-il.

Toujours vivre sur l'eau. A tout moment, être exposé à mourir. Le père Sandré se fait vieux, qu'un étourdissement le prenne dans sa barque, et puis, c'est fini! Un bouillon! Et les autres, ceux du vapeur, qui, pendant six mois de l'année, vont du Havre à Rouen et de Rouen au Havre! Qu'ils se jettent sur un banc de sable, à l'embouchure, et puis, bonsoir! Quant aux vrais marins, à ceux qui parcourent les mers lointaines, il n'osait y songer.

Depuis dix ans qu'il habitait Jumièges, il n'avait qu'une distraction : voir passer les bateaux. Mais jamais il ne s'était approché du talus, craignant un faux pas. Cette terreur insurmontable, il l'avait eue étant enfant, à trois ans, un jour que sa mère avait voulu lui faire prendre un bain dans une cuve qui servait de baignoire à la famille. Comme il criait, se débattant, sa mère, qui le tenait, l'avait lâché du bras droit pour le fesser, il avait alors glissé dans la cuve et failli s'y noyer. C'était le seul bain qu'il eût pris de sa vie.

Pendant qu'il songeait, un sifflement enroué perça le brouillard ; progressivement, le choc rhythmique des roues battant l'eau retentit et cessa. Une forme brune émergea. C'était le père Sandré qui revenait :

— Vous allez vous enrhumer, maître Cyrille. Les matinées de juillet, avec du brouillard, ça ne vaut rien. Tant que le soleil ne se lève pas, c'est du temps de septembre.

— Alors, pas d'Englisch ?

— Pas un ! C'est pas mon affaire. Un qui vient, un qui s'en va, ça me ferait quarante sous pour les embarquer, et quarante sous, pas mal reçus. Faut que je paye mon terme en rentrant. Ça vide les tiroirs... Vous ne vous en doutez pas, vous. Recevoir et donner, ça fait deux !

Et le père Sandré ajouta en riant :

— Tiens, je me demandais ce que vous faisiez là, sur le bord de l'eau. Vous attendiez voir si votre fermier va pas avoir peur du brouillard, pour vous apporter son terme ! C'est-y ça ?

— Tout juste ! reprit Cyrille Goron, avec un sourire.

— Il attendra que vous alliez le chercher ! C'est un malin qui gardera son argent longtemps comme ça. Est-ce pas ?

Tout le monde savait, dans le pays, que le propriétaire, n'osant passer l'eau, n'avait jamais vu sa ferme, située de l'autre côté de la Seine. Comme il n'y a pas de pont avant Rouen, il avait jugé ce voyage trop dispendieux. Sa femme y allait seule, de temps en temps et le fermier venait le voir pour payer les termes et faire quelques visites intéressées.

Le père Sandré enroula la corde qui retenait sa barque, autour du piquet, et après avoir rejoint le propriétaire, lui dit en marchant vers le village :

— Y va être huit heures et y aura pas d'eau aujourd'hui. C'est mieux que la brume se lève tard.

— Pas pour les foins, toujours ! Ça les mouille ! dit une grosse voix derrière eux.

Cyrille et le père Sandré se retournèrent. Ils virent le fermier accostant sa barque près de celle du passeur et qui, dans le brouillard, était arrivé inaperçu.

## II

TENANT à la main sa casquette de soie noire et un panier d'osier, dont s'allongeaient les anses, le fermier s'avanca vers Cyrille, qui le reçut avec un bon sourire d'homme content:

— Vous n'avez pas eu peur de vous enrhumer avec ce sacré brouillard! Tout de même c'est un fichu temps!

— Ne m'en parlez pas, répondit le fermier, nous en sommes désolés. Hier, il faisait beau, j'ai fait faucher; à la tombée de la nuit, c'était quasiment sec et ce brouillard-là va nous retarder!... Sans compter que le foin pourrait bien être perdu si d'ici tantôt le soleil ne se montre point! Ça pourrit et ce n'est plus bon qu'à faire de la litière...

Il lâchait ses phrases lentement, s'apitoyant et geignant, marchant avec un balancement des bras gênés par le bouffant de sa blouse bleue, toute neuve et luisante, où perlaient, aux plis, des gouttelettes claires de brouillard condensé.

Le propriétaire se retourna vers le batelier, qui se tenait à sa gauche, et lui dit :

— Hein? les gens heureux, ça se plaint toujours!

Le batelier ricana, sans rien répondre, avec un clignement d'yeux à l'adresse du fermier qui répondit :

— Vous croyez ça not'maître, que c'est heureux que de perdre deux vaches dans la même semaine.

— Vous avez perdu deux vaches ?

— Oui, et qui allaient vêler. C'est pitoyable. J'en aurais quasiment pleuré. Le vétérinaire est venu, il y a de ça quinze jours, et il m'a dit qu'y n'y avait rien à faire.

Et il soupira en ajoutant, après une pause :

— Je comptais les vendre à la foire de Caudebec pour nous faire un petit peu d'argent... Ah ! nous sommes bien éprouvés, tout de même !

Le propriétaire ne répondait plus rien, un peu inquiet et se demandant si ces plaintes n'étaient point pour le préparer à une fâcheuse nouvelle.

Le fermier, au dernier terme, avait eu bien du mal à lui donner les cinq cents francs échus. Il ne l'avait payé qu'en deux fois, à quinze jours d'intervalle. Cette fois, ce serait autre chose, bien certainement ; il n'avait pas un sou à lui donner.

Tous trois suivaient le chemin qui longe la Seine, s'enfonçant dans le brouillard qui les aveuglait. Une sonnette, à timbre lourd, vibra et le grincement d'une grille de fer tournant sur les gonds.

— V'la not'maîtresse qui ouvre sa porte, dit le fermier pour rompre le silence.

— Vous v'là chez vous, à revoir, dit le batelier en leur donnant à tous deux une poignée de main.

— Au revoir, père Sandré, et je vous souhaite beaucoup d'Englisch pour demain.

— Y n'est pas trop tôt que vous arriviez, cria Mme Goron, petite bonne femme, maigre, d'une quarantaine d'années, en apercevant le fermier avec son mari.

— Avec ce temps-là..., répondit le fermier. Et vous allez bien ?

— Merci ; et chez vous ? Votre femme n'a pas pu venir avec vous ?

— Ah ! vous savez, faut bien soigner les bestiaux, et, quand on s'en va tous deux, ça ne marche pas... les domestiques, on ne peut pas compter sur eux.

— C'est bien vrai, ma foi !

Tous trois traversaient le petit jardin qui séparait la maison de la porte d'entrée.

— Ah ! vous avez de jolies fleurs, vous, dit le fermier, chez nous, je ne sais pas comment ça se fait, on ne peut pas en avoir. Et puis, faut des soins, on n'a pas de temps seulement de planter de la salade. Tout de même, v'là des jolies roses.

— Je vous en cueillerai un bouquet, tantôt, pour votre femme, répondit la propriétaire, s'efforçant d'être aimable.

— Mais, vous êtes bien honnête, ça lui fera plaisir...

— As-tu préparé le déjeuner? interrompit Cyrille, j'ai une faim mortelle.

— Il y a longtemps qu'il refroidit... Tenez, Rouland, dit madame Goron à son fermier, donnez-moi votre panier que je vous en débarrasse.

— Vous pouvez le prendre. C'est pour vous, ce qu'il y a dedans, ah! il est lourd, vous allez vous faire du mal au bras.

Comme le fermier apportait toujours des rouleaux de pièces de cinq francs, Cyrille se dérida. Décidément, Rouland allait le payer. Tout allait bien. Aussi dit-il aussitôt :

— Mais non, laisse-lui son panier, nous déjeunerons d'abord. Va chercher une bouteille de vin. Ça ne fait pas de mal, un petit verre après la soupe...

— Ah! répondit Rouland, on dit que c'est très sain...

Ils entrèrent dans la salle à manger, dont le pavé avait été fraîchement lavé et où une fraîcheur montait aux narines.

Les deux hommes s'étant assis, madame Goron sortit et revint de la cuisine, portant la soupière en caillou pleine de bouillon fumant où baignaient de larges croûtes dorées. Une grosse femme de ménage, court vêtue, la suivait tenant sur chaque main un énorme plat. Dans l'un, des légumes, dans l'autre, le bœuf bouilli, décoré de persil.

— Oh ! dit le fermier, vraiment, vous faites trop de frais pour moi.

— Vous savez, répondit M^me Goron, c'est tout ce qu'il y a, avec un petit rôti.

Le potage fut déclaré excellent, et pendant cinq minutes, il ne fut pas prononcé une parole. Cyrille se tourna bientôt vers la croisée.

— On dirait que le brouillard va se lever.

— Ça ne serait pas dommage, remarqua le fermier ; mes pauvres foins auraient bien besoin d'être promptement rentrés.

— Est-ce qu'on les vend bien, en ce moment ? interrogea Cyrille.

— A Caudebec, mardi dernier, on en a ramené plus de dix charrettes qu'on n'avait pas seulement marchandées. C'est comme les bestiaux, ça ne va pas du tout. Les pommes non plus. Il en arrive maintenant d'Amérique, à ce qu'on dit... L'autre jour, il en est passé trois grands bateaux de suite qui s'en allaient à Rouen.

Et, pendant que se lamentait ainsi le fermier, Cyrille et sa femme se regardaient rapidement, avec une interrogation anxieuse. Tout de même, si le fermier ne leur apportait pas la totalité de la somme attendue, comment feraient-ils ? Et cela était possible. S'il se plaignait ainsi, ce n'était pas sans raison.

— Ah ! oui, continuait-il, les pauvres fermiers sont bien à plaindre. Vous ne vous en doutez pas, vous !

— Vous croyez, dit M^me^ Goron. Ce n'est pas tout rose, non plus, de vivre en petits rentiers, allez ! Tout est d'une cherté maintenant !...

— Et les impositions qui augmentent tous les ans, ajouta Cyrille. Et ceci et cela... J'ai fait encore mettre des tuiles à la maison. C'est d'un prix fou.

— Ça, c'est vrai que c'est cher, répondit le fermier. Et pourtant, il y aurait bien besoin de réparations à la grange... Mais ça ne presse pas... On peut attendre.

Et il baissait la voix, voyant le mauvais effet de cette révélation.

— Ah! les réparations! dit Cyrille, c'est ça la ruine ! Et vous n'êtes pas venu une seule fois, sans en demander. Ça me coûte cher, à chaque fois que vous passez l'eau !

— Et à moi donc! riposta le fermier en riant.

Les deux hommes s'esclaffaient; Mme Goron plissait ses lèvres en montrant ses dents mal plantées, mais que blanchissait l'acidité du cidre.

Enfin, la femme de ménage apporta

le café et un cruchon de grès plein d'eau-de-vie de cidre. Goron alluma sa pipe et offrit un cigare d'un sou au fermier, qui le refusa d'abord, puis l'accepta devant l'insistance de son maître.

— On n'en fume pas tous les jours, dit-il.

Mme Goron sortit. Alors le fermier se levant alla chercher son panier qu'il avait déposé en entrant sous une chaise et se rassit en le plaçant sur la table.

— Ah ! ah ! vous n'avez pas oublié nos petites affaires.

Cyrille mit de côté le sucrier, le cruchon et sa tasse et, de la paume de la main, frotta la nappe, maculée de taches de vin et de mie de pain.

Le fermier tira de son panier un petit sac de toile et l'ouvrant fit tomber sur la table un tas de pièces de cent sous en argent.

Les yeux de Cyrille eurent un éclair vif. Sa femme revint bientôt, ayant entendu le bruit métallique. Elle souriait, sans rien dire, à son fermier, voulant paraître aimable. Alors le fermier compta les pièces et les mit en piles que recomptait Cyrille. Un, deux, trois, quatre, cinq. Le compte y était. M^me^ Goron tira du tiroir un porte-plume, un encrier et une feuille de papier blanc qu'elle tendit à son mari.

Avec un air de gravité, Cyrille écrivit en disant :

— Et ça va me coûter deux sous de timbre...

M^me^ Goron regardait les piles d'écus et, tour à tour, le fermier et son mari. Cyrille tendit le reçu à Rouland qui, l'ayant lu, le plia et le mit dans sa bourse en cuir fermée par des cordons de souliers.

— Encore une goutte, voyons dit Cyrille.

— Ce n'est pas de refus...

— Pendant ce temps-là, ma femme va aller cueillir un bouquet pour la vôtre.

Cyrille était épanoui. Rouland, décidément un brave homme, l'avait payé. C'était au mieux. Mais M^me^ Goron ne bougeait pas et, serrant les lèvres, comme émue, elle dit à son mari :

— Si tu es payé, toi, je ne le suis pas moi, tu ne t'aperçois pas que Rouland a oublié probablement d'apporter...

Mais elle se tut en voyant Rouland tirer son mouchoir pour essuyer de grosses larmes qui coulaient sur ses joues ridées. Les époux Goron se regardaient interdits.

— Voyons, mon pauvre Rouland, qu'est-ce que vous avez donc ? C'est pas raisonnable de pleurer comme ça.

Et le fermier continuait à sangloter. L'émotion gagnait Cyrille, au visage duquel le sang affluait.

— Je sais bien, finit par hoqueter Rouland, que je dois vous apporter une grosse dinde à chaque terme, c'est dans le bail, c'est dû, mais, cette fois, pour arriver à faire les cinquante pistoles, ma femme est allée à Caudebec vendre tous les poussins et toutes les poules et tous les picots. Il ne nous reste tant seulement pas un canard dans le ruisseau.

Cyrille tapa sur l'épaule du fermier d'une façon amicale et pour le consoler.

— Allons, c'est tout ça ? Eh bien, c'est gentil ce que vous avez fait, mais vous auriez dû me le dire, nous aurions arrangé ça. Voyons, je ne suis pas si dur que ça. Vous allez voir.

Et se tournant vers sa femme :

— Dis donc, va me chercher le bail. Il est dans le tiroir de ton armoire...

Alors, il versa dans deux verres une pleine rasade d'eau-de-vie de cidre et, en tendant un à Rouland :

— Avalez celle-la, elle ferait revenir un mort!

M$^{me}$ Goron rapporte le bail, une liasse de papier timbré où s'étalait une écriture bêtasse et régulière de clerc de notaire campagnard. Cyrille le prit et feuilletant lentement, arriva à ce paragraphe ;

« Le prenant est tenu d'apporter, à « chaque terme échu, une poule dinde, « ou un dindon, du poids minimum de « huit livres, pour l'usage du susnom- « mé Goron. »

Cyrille le lut à haute voix et, à l'ébahissement de sa femme qui n'osa protester, quoique surprise désagréablement, biffa d'un trait de plume ces lignes qui avaient tout à l'heure arraché des larmes au fermier. Il ajouta :

— C'est comme ça que je suis, moi, quand vous reviendrez, vous apporterez votre double du bail et je bifferai dessus aussi. En signant dans la marge, c'est valable en justice.

Cyrille paraissait surpris que cet acte de générosité ne précipitât point le fermier dans ses bras. Il n'y a pas beaucoup de propriétaires qui en auraient fait autant, se disait-il, et il se rehaussait à ses propres yeux avec une satisfaction qui lui donnait des battements plus vifs du cœur.

— Hé bien, êtes-vous consolé ? dit-il à Rouland. Ça va donc mal, décidément ? Moi je n'y comprends rien du tout. Il me semble qu'avec la terre que vous avez et la grandeur du terrain, on doit pouvoir en retirer quelque chose, quand le diable y serait.

— Les pauvres fermiers sont bien malheureux, allez, répondit Rouland, non, c'est pas tout rose ! Ça ne peut pas continuer de cette façon. Et il tirait de sa poche un rouleau de papier recouvert d'un *Nouvelliste de Rouen*.

— Qu'est-ce que ça, fit Goron. Tiens, votre bail, vous l'aviez apporté ?

Rouland était gêné, il cherchait des mots pour dire une chose qui lui semblait difficile à exprimer sans que le propriétaire s'emportât. Enfin !

— Voilà, not'maître, dit-il, c'est pour le relire ensemble. J'ai encore un an à faire dessus. J'ai plus que du mal à arriver à joindre les deux bouts... Je viens, si vous tenez à ce que je reste, nous arranger pour une petite diminution...

— Ah! ça non! s'écria M$^{me}$ Goron. Tu feras ce que tu voudras, mais moi, je trouve que c'est bien assez de ce que tu viens de biffer. Ma parole! faudrait peut-être payer les fermiers pour qu'ils viennent faire valoir votre bien!

Et elle parlait, gesticulant, avec une insolence furieuse dans le geste et le regard. Voilà ce que c'était que d'être trop bon! On n'en finissait pas. Donnez-en long comme le doigt, on en prend tout de suite long comme le bras. Et elle l'avait vue, la ferme, elle n'avait pas peur de passer l'eau! Elle y était allée un dimanche du mois passé, pendant que toute la famille Rouland était aux vêpres, et elle avait été édifiée! Ce n'était pas étonnant si on y faisait à peine ses frais. Les haies mal closes; les bestiaux se promenant dans les propriétés voisines; les domestiques, non surveillés, couchés au pied d'un arbre, avec un pot de cidre entre les jambes, cuvant une ivresse ; les servantes courant les petits sentiers, à la nuit tombante, avec les beaux lurons du bourg; les chemins mal entretenus; les murs des bâtiments couverts de lierre qu'on ne coupait jamais et qui entretenait l'humidité; des orties partout, à la porte même de la maison ; dans l'étable, du fumier sous les pieds des vaches malades ; les moutons ayant tous la *cocotte*, faute de soins; dans la laiterie, le lait qu'on laissait *sûrir* sans l'écrémer ! Ah ! c'était un beau gâchis!

Elle avait tout vu et avec une impitoyable énergie, elle jetait tout cela à la face du malheureux fermier qui ne répondait pas; sachant, au fond, que la propriétaire avait raison. Et, si c'était ainsi, pourquoi l'en rendre responsable?

Elle continuait, adoucie un peu. Elle savait bien que ce n'était pas de sa faute, à lui, mais, il manquait d'énergie. Il n'était pas maître dans sa maison. Et un peu paresseux aussi. Ah! elle savait ce que c'était que la campagne! Fille de fermière, elle en avait vu de toutes sortes, et c'est elle qui ne serait pas embarrassée pour tirer de la ferme tout ce qu'elle pourrait donner, payer le propriétaire, les frais de la maison et mettre de l'argent de côté par dessus le marché.

Rouland était accablé, Cyrille gêné vidait ses verres d'eau-de-vie sitôt remplis, et lançant au plafond des ronds de fumée, envoyait par petits jets sa salive jaunâtre sur le pavé.

Sa femme s'en aperçut et lui dit brusquement :

— Je t'ai déjà défendu de fumer la

pipe quand j'ai lavé ma salle, c'est bon à la cuisine de faire des saletés, mais, pas ici.

Cyrille se tourna vers le fermier en souriant :

— C'est qu'elle n'est pas commode, quand elle s'y met. Hein ! un vrai cerbère... Voyons, tout ça ne nous regarde pas, ajouta-t-il en regardant sa femme. Chien de charbonnier est maître dans sa loge, pas vrai. Pourvu que Rouland nous apporte les termes, c'est tout ce qu'il nous faut. Qu'il s'arrange comme il voudra.

— Ah ! vraiment reprit M^me^ Goron, tu trouves ça ? Et tu crois que la terre n'en souffre point. Quand notre ferme sera dépréciée, tu seras bien avancé !

Rouland essaya de protester mais elle continua :

— Ta ra ta ta... Vous me direz que

vous avez mis du fumier au pied des pommiers que nous avons plantés ? Hein ! Et les arbres que vous taillez jusqu'au faîte pour vous faire du bois ? Au lieu de cela vous ne devriez pas couper les *gourmands* qui sortent des greffes des pruniers ? Ce que vous avez bien le temps de faire. C'est pas malin, en passant on tire son couteau ; mais non... Et le foin, dont vous parliez tout à l'heure, si vous l'aviez coupé il y a huit jours, vous n'auriez pas à craindre que le brouillard le mouille !

Les deux hommes se tournèrent vers la fenêtre.

— Tiens! il n'y en a plus de brouillard ! fit Cyrille.

Mme Goron sortit de la salle en maugréant.

— Tout de même, elle est dure, notre maîtresse, et dire qu'on a tant de mal, gémit le fermier. Enfin, je vais m'en aller.

Il prit son panier, frappa de la main sur le devant de la blouse, pour faire tomber les miettes de pain restées dans les plis, et, ouvrant la porte :

— Alors, quant à ce qui est de la petite diminution, faut pas y compter, je vois ça !

— Ma femme ne m'a pas l'air d'y être tout à fait disposée... Non...

— Hé ! bien, alors, je ne vois pas qu'il y ait grand moyen de continuer. Après tout, on est de revue, est-ce pas ? On en recausera...

Ils sortirent, et, en passant le couloir, Rouland cria :

— Au revoir, madame Goron...

Mais la propriétaire, qu'on entendait cependant ranger la batterie de cuisine et causer avec la servante, ne répondit pas. Le soleil faisait scintiller le sable des allées du jardin où les roses rouges piquaient leurs tons crus sur la verdure.

— Ça fait quasiment mal aux yeux, à côté d'à ce matin, dit Rouland.

— Oui, y a de la différence, répondit Cyrille. Mais vous allez pouvoir rentrer votre foin, c'est le principal. Allons, le bonjour chez vous.

Et, le laissant ouvrir et fermer la grille, à travers laquelle se voyait un coin de Seine bleue, il rentra chez lui. Sa femme l'attendait à la porte de la salle, ayant regardé par le coin des rideaux ce qui se passait dans le jardin, pendant qu'il avait reconduit le fermier :

— Et tu crois, dit-elle, que j'allais lui donner des roses ? Ah bien !

— Enfin, il a payé, c'est tout ce que je demande.

— Oui ; mais je comptais sur la dinde pour le dîner de demain... Au surplus, nous ne sommes pas embarrassés. S'il n'en veut pas pour le même prix, je ne tiens pas à lui, on la mettra à louer, la ferme. D'ici un an, c'est bien dommage s'il ne vient pas quelqu'un pour la demander. En l'affichant dans les journaux de Rouen!

# III

Marchand de cordages, toiles à voiles, instruments de pêche en eau douce, appâts pour poissons, ferblanterie, quincaillerie, etc., Cyrille Goron, établi à Rouen, rue Jeanne-d'Arc, vivotait tranquillement, mais sans parvenir à faire de réserve pour ses vieux jours, lorsqu'il avait hérité, par sa femme, de la ferme que les parents de celle-ci possédaient à Jumièges. La maison du propriétaire était située à cent mètres de l'abbaye. Cyrille y était venu voir son beau-père à l'agonie, et, n'osant passer l'eau, n'avait pu visiter sa propriété, de l'autre côté de la Seine. Jusqu'alors, il ne s'était pas inquiété de la connaître. Les fermiers payaient régulièrement, sa femme y faisait, de temps à autre, une courte apparition et, comme elle y avait été élevée, en parlait souvent.

A Jumièges où il était venu, autrefois, étant fiancé, ç'avait amusé les gens, son refus de voir son futur bien. Mais, à quoi bon railler ; sa terreur de l'eau était insurmontable. Et, faire exprès le voyage par terre, demandait deux jours au moins, quand il n'y avait à perdre que cinq minutes pour passer sur la barque du père Sandré.

Si, au moins, de la berge, il avait pu la voir, cette ferme, même avec la lorgnette du matelot ! Mais elle ne commençait qu'au sommet de l'autre versant de la colline ! Le fermier, se disait-il, a peut-être quelque raison de se plaindre de la peine qu'il prend à faire ses affaires. Parbleu ! Il connaissait bien sa femme, très bonne ménagère, mais dure à la détente, qui lui laissait juste de quoi avoir du tabac, à ce point qu'il n'osait aller au cabaret, le dimanche, de peur d'être forcé de régaler d'une tournée ses amis, ce qui l'aurait pour longtemps endetté.

Et sa femme, orgueilleuse de sa ferme, qui la faisait vivre en rentière, exagérait peut-être la valeur de rapport de sa terre. En tous cas, elle avait eu tort de secouer Rouland d'aussi violente façon, ce n'est pas à lui qu'un client, même le meilleur, aurait ainsi parlé, au temps où il débitait dans sa boutique ses cordages, toiles à voiles et instruments de pêche en eau douce.

Tout en se promenant sur la berge, baignée de clarté, Cyrille regrettait de ne pouvoir aller à la ferme. Il aurait fait des excuses à Rouland qui, somme toute, l'avait bien payé intégralement. Et, pour un malheureux dindon, sa femme s'était mise en colère! Et, que lui arriverait-il, s'il mettait sa ferme en location? Peut-être bien ne se présenterait-il personne pour la prendre.

Et ils seraient alors dans de beaux draps! Car c'était leur seul revenu, ces deux mille francs. Il y avait bien la maison où ils habitaient qui leur appartenait, mais, puisqu'ils l'occupaient, elle coûtait les impositions, ce qui était déjà assez cher de loyer.

Ils ne dépensaient pas tout leur revenu. Mais son garçon, à qui il avait cédé son fonds, avait une nombreuse famille, et, de peur de le voir faire faillite, ce qui aurait déshonoré le nom des Goron, dans la rue Jeanne-d'Arc, on lui envoyait à tout moment des cent francs pour payer une traite, le loyer, et les livres de l'aîné, qu'ils avaient déjà mis à la salle d'asile, et les langes du jeune, encore en nourrice. A cela, il n'y avait rien à dire, car son fils n'était pas trop dépensier et lui-même se rappelait qu'il avait autrefois tout juste de quoi arriver.

Sous ses yeux, la Seine coulait lentement. Au coude, disparaissait un grand brick, toutes voiles ouvertes, que traînait un remorqueur. Et Cyrille s'amusait à regarder dans l'eau bleue l'ombre reflétée de la fumée noire.

## IV

Rouland avait envoyé une lettre, après s'être concerté avec sa femme, pour annoncer que, décidément, il aimait mieux s'en aller que de manger ses quatre sous sur une place aussi ingrate.

— Laisse-le faire, disait M$^{me}$ Goron, qu'il s'en aille ! On en trouvera un autre.

Mais, au bout de six mois, personne n'était encore venu demander à louer la ferme. Rouland envoyait l'argent des termes par son garçon aîné, ne voulant pas recevoir de nouveaux sermons de la propriétaire.

— Ce n'était pas si facile que ça, à louer, disait Cyrille à sa femme. Tu vois bien.

— Tout n'est pas désespéré. Voyons, il y a encore six mois avant que les Rouland ne s'en aillent !

Mais les jours passaient. Un matin qu'il rentrait de sa promenade habituelle, avant le dîner, sa femme lui dit :

— Tiens, sais-tu pourquoi personne ne vient pour visiter la ferme ?

— Non, c'est étonnant...

— Hé bien ! je suis sûre que les Rouland déconseillent les gens de la prendre ! Il paraît qu'il en est venu des douzaines. Ils se promenaient avec Rouland, trouvaient tout bien. Rouland les invitait à prendre une collation, et, quand ils avaient un coup dans la tête, il leur disait qu'il s'en allait parce qu'il ne pouvait pas faire ses frais.

— Ah ! tu crois que c'est possible ? Voyons...

— J'en suis sûre ! Toi, tu ne te doutes jamais de rien ; innocent comme l'enfant qui vient de naître ! Mais, ne bouge pas, je les surveillerai quand ils vont s'en aller. Toi qui ne sais rien de ce qu'il y a chez nous, qui te dit qu'ils ne couperont pas des arbres dans les haies pour vendre des *cordes* de bois ? Et, avec des gens comme ça, il faut s'attendre à tout ! Ils sont capables de verser de l'acide pour faire mourir les pommiers.

— Ah ! tu n'en sais rien.

— Oui, mais je me méfie. J'irai et je

n'ai pas besoin qu'ils m'invitent à prendre quelque chose, je n'entrerai pas dans la maison !

Et, à chaque repas, Mme Picot ramenait la conversation sur la ferme, dont on pouvait tirer un si bon parti : décidément les propriétaires sont bien à plaindre d'avoir besoin de fermiers !

Cependant, Rouland avait commencé son déménagement. Chaque jour, des charrettes partaient de la ferme, emportant les instruments de travail, les futailles démontées, les meubles.

— C'est un peu fort, tout de même, il le fait exprès, disait Mme Goron. En enlevant toute la garniture de la ferme, il la détériore. Ça semble d'un nu, maintenant ! S'il venait quelqu'un pour la voir, il n'en voudrait pas.

Et, en effet, les herbages d'où étaient partis les bestiaux semblaient dans la désolation. Rouland, sa femme, les domestiques étaient déjà entrés dans la ferme voisine qu'ils avaient louée. Les granges, les étables, les hangars, la maison d'habitation étaient vides. Il ne restait pas un clou aux murailles. Les oiseaux avaient déserté la haie du jardin potager où Rouland avait passé la charrue pour ne point laisser même un pied de salade à son successeur.

Ç'avait été, au dernier moment, une rage entre la propriétaire et le fermier. Mme Goron, chaque jour, passait le bac, pendant le déménagement et, du haut de la colline, surveillait le départ des charrettes pour voir si l'on n'emportait pas les arbres de la propriété.

Ainsi, c'était fini. Plus de fermier. Mais Cyrille n'osait en parler à sa femme, dont c'était la faute. Noël était proche, plus un sou à la maison. Et de mauvaises nouvelles arrivaient de Rouen. Son fils avait une grosse échéance à payer à la fin de décembre. Il ne pourrait lui envoyer d'argent, pas plus qu'il ne comptait en recevoir. Et les étrennes à donner aux gamins !

Cyrille alla trouver un homme d'affaires, à Caudebec, et lui demanda la marche à suivre pour prendre une hypothèque sur la propriété. Il demandait cinq mille francs. Ce fut facile à trouver. Et, alors, il apporta la somme à sa femme, sur les conseils de laquelle il avait agi ainsi.

— Nous ne louons pas? lui avait-elle dit ? Qu'est-ce que ça fait? Regarde si les Banel n'en sont pas revenus de louer leur ferme? Ils ont bien plus de profits autrement.

Et elle expliquait à son mari la combinaison des Banel, des voisins, qui, eux aussi, avaient une ferme et ne la louaient pas.

Il achèterait des bœufs maigres, les ferait conduire à la ferme et là, toutes les barrières des cours et des herbages bien cadenassées, les bestiaux s'engraisseraient. De temps en temps, elle irait les voir. Puis on les vendrait avec un gros bénéfice aux bouchers de Caudebec. De plus, elle profiterait de la récolte des pommes.

A la saison voulue, on emploierait des faneurs pour faucher, botteler et ranger dans les greniers le bon foin dont on vendrait la moitié et dont l'autre serait gardée pour la nourriture des bœufs pendant le temps des neiges.

Et elle parlait, chiffres en main. Elle savait bien ce que pouvait rapporter la ferme, y ayant été élevée. Est-ce que son père n'y était pas entré petitement, comme fermier, et, mettant chaque année des écus de côté, se privant du moindre plaisir, coupant les aiguilles en quatre, n'avait pas fini par l'acheter à son propriétaire, un mangeur qui faisait la noce à Rouen ?

Cent fois mieux valait être fermier soi-même que d'en avoir comme le précédent. Voyons, c'était bien clair. Pour leur donner les deux mille francs de location par an, ne fallait-il pas que Rouland les mît de côté après avoir nourri sa femme, ses trois moutards, tous dépensiers. Ce que dépensait le fermier pour sa maison, c'est ce qu'ils toucheraient, eux, en plus de leur revenu.

Et Rouland ne répondait que par des hochements de tête affirmatifs, mais comme par contrainte. Elle s'y entendait mieux que lui ; puisqu'elle le voulait, il faudrait bien que cela fût. Et cela était. Il savait bien que c'était pour le mieux, ce qu'elle faisait là.

Douze bœufs furent achetés à la foire de Caudebec ; ils étaient maigres à apitoyer, mais si bon marché !

— Tu verras ce qu'ils deviendront dans six mois, dit Mme Goron à son mari.

Le père Sandré qui, presque tous les jours, avait conduit Mme Goron de l'autre côté de la Seine, allait avec elle jusqu'à la ferme pour ne pas avoir à l'attendre à son retour. Il avait moitié deviné, moitié appris ce qui se passait et l'avait dit à tout le monde.

— C'est une rude gaillarde que Mme Goron ! clamait-il avec admiration.

Cyrille regrettait bien de ne pouvoir aller juger par lui-même des progrès que faisaient chaque jour les bestiaux, à en croire sa femme, enchantée de sa bonne idée. Pourtant, les résultats attendus ne seraient pas donnés avant quelque temps. Depuis six mois qu'ils étaient achetés, et mangeaient l'herbe de toutes les cours, qui semblaient comme rasées, les bœufs, que le boucher de Jumièges était venu voir, par curiosité, ne seraient pas bons pour être envoyés au marché avant la prochaine foire. Encore deux mois à attendre. Il avait fallu raccommoder les barrières en mauvais état, faire clore les haies par les brèches desquelles les bœufs passaient chez les voisins. Les jeunes pommiers poussaient mal, leur écorce étant rongée par les bestiaux, friands de la sève grisante ; dix journées d'homme de dépensées là encore, pour entourer les arbres de tôles garnies de pointes. Tout cela, avec l'achat des bêtes et leurs dépenses de ménage avait absorbé les 5,000 francs.

Cyrille eut recours à une seconde hypothèque. Il ne demandait qu'un billet de mille, simplement de quoi aller jusqu'au jour où il serait remboursé de ses dépenses par la vente des bœufs dont le prix aurait certainement augmenté du double.

Mais l'homme d'affaires lui dit que le prêteur à qui il avait eu recours la première fois, un cafetier de Caudebec, voulait avancer encore cinq mille francs ou rien du tout. C'était tout ou rien, à prendre ou à laisser. Cyrille hésitait, voyant l'intention du cafetier, un usurier comme les autres, prêtant l'argent à 6 o/o.

Il allait se trouver engagé pour une grosse somme, dix mille francs dont quatre mille dormiraient dans un tiroir, ce qui n'empêcherait pas les intérêts de courir au galop. Il aurait facilement trouvé le billet de mille francs dont il avait besoin. Mais alors, c'étaient des nouvelles démarches à faire, une seconde hypothèque sur un autre nom. Des choses ennuyeuses. Il accepta ce que proposait le cafetier, par l'entremise de l'homme d'affaires et M^me^ Goron enferma la somme dans le tiroir de son armoire à linge.

Cyrille, partageant la confiance de sa femme, était enchanté de ses entreprises.

Vint la récolte des foins. C'était à n'y rien comprendre. Tout compté, il y en avait moitié moins de bottes que du temps où M^me^ Goron, alors jeune fille, assistait chez son père à la fenaison. Le foin était bon, sec, long. Mais il ne fallait pas songer à en vendre la moindre partie, si on voulait assurer la nourriture des bœufs pendant l'hiver.

C'était un gros déficit dans le budget prévu. Mais les époux Goron se consolaient en pensant qu'ils se rattraperaient sur la vente des pommes. Les arbres étaient chargés, comme jamais on n'avait vu dans le pays. C'était superbe et les voisins, jaloux, venaient voir les cours en poussant des exclamations !

— V's êtes ben heureux tout de même, disait-on à Mme Goron, avec ça, y a de quoi quasiment payer le loyer d'une année ! Les Rouland sont partis au bon moment.

Et Mme Goron triomphait, avec un épanouissement d'orgueil, en racontant cette scène, le soir, à Cyrille endormi sur le coin de la table.

Comme il restait seul toute l'après-midi, sa femme allant tous les jours visiter la ferme, il travaillait à son jardin, sous le soleil ardent, et insensiblement avait pris de mauvaises habitudes. C'est qu'il ne craignait plus de rencontrer sa femme allongeant une mine fâchée, ainsi qu'autrefois, lorsqu'il voulait régaler un ami d'une bouteille de cidre ; il se tenait à la grille donnant sur le chemin de hâlage et appelait ceux qui passaient :

— Dieu ! qu'y fait chaud, hein ?

— Ne m'en parlez pas, pour un biau temps, c'est un biau temps.

— La sueur m'en perle le long du cou, que ma chemise m'en est collée dans le dos ! On a besoin de se rafraîchir ! Voulez-vous boire un coup ?

— Tout de même.

Et Cyrille vidait le cruchon de cidre, suivi de petits verres d'eau-de-vie. L'ami parti, il prenait soin de rincer ses verres et d'aller à la cave remplir, au fût, la bouteille, de peur que sa femme s'aperçut de ce petit écart.

Aussi, le soir, il somnolait.

# V

A la foire de Caudebec, Mme Goron avait voulu aller seule, pour vendre les bœufs, en prétendant que son mari la gênerait. Il n'y entendait rien. Mais, elle avait tenu à les lui faire voir, étant fière des progrès qu'ils avaient fait.

Aussi, ce jour-là, Cyrille se tenait-il au bord de la Seine, à l'endroit où, autrefois, il attendait l'arrivée de son fermier, les jours de terme. Sa femme était partie pour la ferme, dès le matin, avec un des garçons du boucher qui avait consenti, moyennant cent sous et la nourriture, à aller conduire les bêtes à Caudebec. On aurait pu suivre la route qui traversait la ferme et passer le fleuve à Caudebec seulement, mais pour que Cyrille pût voir ses *élèves*, il avait été entendu qu'on redescendrait la colline, pour amener les bœufs jusque devant la maison à Jumièges; en se servant du grand bac du père Sandré. On ne faisait pas souvent usage de cette lourde machine, les gens du pays passent l'eau avec la barque; la veille, le vieux batelier avait employé son après-midi à clouer des planches de sapin, provenant de boîtes démolies, sur les côtés du bac où l'eau dégouttait à travers les jointures.

Et Cyrille qui regardait la ligne blanche du chemin à pic, partant du sommet de la colline, dit tout haut :

— Les v'là ! Les v'là !

Le cœur lui battait violemment. Sur le fond crayeux se détachait en plaques rousses la théorie des bêtes. Devant, marchait le garçon boucher, avec de grands balancements des bras. Derrière, sa femme suivait, trottant menu. Un grand calme sur l'eau miroitante. Là-bas, le bac du père Sandré attendait.

Cyrille assista avec émotion à l'embarquement. D'abord, Sandré, debout à l'avant, était appuyé sur une longue rame plantée droite, pour amortir les chocs. Un par un, les bœufs frappés à grands coups de trique, entraient dans cette espèce de cuve qui, plus alourdie, se balançait avec des soubresauts. Puis, prirent place le garçon boucher et Mme Goron, à l'arrière. Les bœufs, comme inquiets, poussaient des mugissements. Cyrille eut peur :

— Si tout cela chavirait ! dit-il à mi-voix.

Mais, lentement, le bac avançait, laissant un large sillage dans lequel sautaient, hors de l'eau, des poissons dont luisait le ventre d'argent.

— Comment qu'tu les trouves, hein ? cria Mme Goron, avant d'avoir même débarqué.

— Prends bien garde ! fais attention ! répondit Cyrille. C'est si vite arrivé, un malheur !

— A-t-y peur ! A-t-y peur ! disait le garçon boucher, en riant aux éclats. Si jamais celui-là tombe à l'eau ! Ça ne sera pas de sa faute !

Le bac ayant accosté à un coin du talus, taillé de façon à l'encadrer, les bœufs sortirent, frappés de grands coups sur les pattes de l'arrière-train.

— Mais n'y a-t-y pas de danger d'en gâter la viande en tapant dessus comme ça ? demandait Cyrille. Ça ne laisse pas des noirs, hein ?

Le garçon boucher le regardait avec un vague air de mépris, mécontent de cette observation.

— Quand je vous disais qu'y n'y connaît rien !!! dit Mme Goron pour l'adoucir.

Il n'y connaissait rien, en effet, puisqu'il ne s'extasiait pas sur la beauté des animaux dont sa femme ne cessait de faire l'éloge. Le père Sandré et le garçon boucher répétaient :

— Pour des belles bêtes, c'est des belles bêtes !

Le père Sandré avait demandé trente sous pour transporter les bœufs et les deux conducteurs. C'était cher. Aussi Mme Goron dit-elle à son mari :

— C'était bien la peine de dépenser de l'argent pour te montrer les bestiaux, si tu n'es pas plus content que ça !

Cyrille fit remarquer qu'à Caudebec, le passeur aurait pris dix sous de plus. En effet, il ne s'enthousiasmait pas. On lui avait dit que la viande baissait de prix, que c'en était effrayant, mais il ne voulait pas faire part à sa femme de ses appréhensions, peut-être mal justifiées.

# VI

Il ne fallait pas se plaindre, décidément. On pouvait espérer mieux, certes, mais il y avait eu tant de bêtes remmenées du marché qu'il fallait s'estimer heureux d'avoir vendu les douze bœufs quatre cents francs pièce, l'un dans l'autre. Mme Goron avait compté sur cinquante pistoles, mais comme son mari ne s'attendait pas à plus de dix écus par tête, la moyenne était bonne. Tout allait pour le mieux. Il fallait maintenant racheter des bêtes maigres, et l'année d'après, on pouvait s'attendre à des bénéfices qui permettraient de rembourser l'hypothèque prise sur la ferme.

Ainsi pensaient les époux Goron. Mais pour le moment il fallait s'occuper de ramasser les pommes. Pas un moment à perdre, si on ne voulait pas voir pourrir celles qui, tombées au pied des arbres, par la cause de grands vents, ne seraient plus bonnes qu'à faire de l'eau-de-vie.

Or, Mme Goron était d'avis de ne point *brasser* ni *bouillir*, ce sont des frais à n'en plus finir. Mieux valait vendre les pommes à un fabricant de cidre de Rouen. Ce qui fut fait. Tous frais défalqués, huit cents francs entraient dans le tiroir des époux Goron.

— Hein ? Quand je te disais que cela

rapportait plus que d'avoir des fermiers ?

Cyrille n'osait pas faire remarquer que ces huit cents francs étaient le seul argent que rapportait la ferme, puisque le foin servirait à la nourriture, pendant l'hiver, des bœufs maigres que l'on achèterait avec l'argent rentré de la vente des bœufs gras.

Il craignait que sa femme, grisée par un semblant de succès, en vînt à tout engager d'un coup dans cette opération. Ce qui eut lieu.

— Pourquoi, lui dit-elle, au lieu de douze bœufs, n'en aurions-nous pas vingt ? Il y a bien assez d'herbe pour les nourrir, et, sans dérangement, ce serait le double, presque de bénéfice.

Les vingt bœufs furent achetés.

A la maison, la vie devenait monotone. A chaque repas, Mme Goron parlait de sa ferme, toujours et à propos de tout. C'étaient de longues inquiétudes pour l'état maladif d'un des bœufs, pour la chute d'un pommier abattu par un coup de vent. Et, comme il ne fallait pas songer à contracter un nouvel emprunt sur hypothèque, on vivait sur les huit cents francs qu'avait rapportés la vente des pommes. Cette somme touchant à sa fin, Mme Goron se privait des petites douceurs qu'elle aimait autrefois à se payer. Plus de café après le dîner. Elle avait prétendu que cette boisson l'empêchait de dormir.

Cyrille devenait triste. Mme Goron s'en apercevait, et, quoique toujours confiante en la réussite de son entreprise, comprenait que, pour tirer de la ferme tout le parti possible, il ne suffisait pas d'y élever des bœufs et d'en récolter les pommes et le foin. Combien d'argent elle y aurait pu gagner si elle y passait tout son temps, au lieu d'y faire des visites inutiles ! Elle ne pouvait, en l'état actuel, ni avoir une basse-cour, ni soigner les arbres fruitiers. En y tenant la main, quelle jolie laiterie elle pouvait avoir !

C'était trop difficile pour songer un seul instant à cela, car, on est rentier ou on ne l'est pas, et Cyrille, déjà très ennuyé de voir sa femme se donner tant de mal à aller visiter les bœufs, ne voudrait certes pas la laisser travailler à son âge. Ils avaient eu assez de mal, autrefois, dans la petite boutique de la rue Jeanne-d'Arc, pour avoir le droit de se reposer maintenant. Cependant, avec les souvenirs de son enfance, un immense amour pour *la terre* s'emparait d'elle. Elle s'ennuyait, au temps où les fermiers apportaient régulièrement l'argent du terme. Maintenant qu'elle avait en tête une préoccupation constante, les journées lui semblaient moins longues, et puis, c'était l'inconnu. Elle songeait à des bénéfices illimités à tirer de cette ferme, qu'elle dirigerait avec un soin et une âpreté de paysanne de race.

Mais il n'y fallait pas songer. Cyrille, paresseux au fond, ne voudrait pas changer son genre de vie. Pourvu qu'à l'heure coutumière il eût son assiette de soupe et sa bouteille de cidre, c'est tout ce qu'il demanderait.

Alors, toutes ses conversations furent dirigées vers ce but : arriver à passer l'eau et habiter la ferme. D'ailleurs, si son mari ne voulait pas, elle irait seule, avec un domestique et la femme de ménage. Cyrille resterait à la maison

5

de Jumièges, où elle irait le rejoindre tous les soirs.

L'occasion se présenta d'en parler; malheureusement, avec chance de succès. Un matin, M^me^ Goron s'aperçut en entrant à la ferme que deux bœufs avaient une singulière mine :

« Bien sûr, ils étaient malades, ces pauvres malheureux. Mais, comment cela se faisait-il ? Si bien portants, trois jours avant ! »

Le vétérinaire appelé dit qu'il n'y avait rien à faire, que c'était très grave, qu'une épizootie sévissait dans le Calvados et qu'il n'y avait rien d'étonnant si on s'apercevait que cela gagnait du terrain. On isola les malades; mais, malgré cette précaution, le typhus attaqua tout le troupeau.

C'était bien curieux tout de même, les bestiaux du voisin n'avaient rien.

Et racontant à son mari ce qui se passait, M$^{me}$ Goron dit :

— Tu sais, j'apprendrais que les Rouland ont jeté du *mal-fait*, je ne m'en étonnerais pas.

Mais Cyrille souriait, ne croyant pas au *mauvais surnaturel*. C'étaient des contes de bonne femme.

La situation était grave, cependant ; chaque matin, M$^{me}$ Goron avait des angoisses en allant à la ferme où elle s'attendait à voir tout le troupeau couché sur le flanc. Quatre bœufs étaient morts. Une perte d'au moins cent cinquante pistoles, car c'étaient les plus forts et ceux qui s'engraissaient le mieux.

— Tout ça ne serait pas arrivé, dit M$^{me}$ Goron à son mari, si on était tout le temps sur place ; mais c'est bien désolant tout de même de penser qu'en s'y prenant au commencement on aurait pu les soigner,

— Quoi qu'tu veux, répondait philosophiquement Cyrille, c'est comme ça !

Bien qu'ennuyé de cette perte d'argent, il pensait que cette mésaventure rabattrait un peu l'orgueil de sa femme, insupportable tant qu'elle avait triomphé. Il n'avait jamais été très partisan de l'élevage des bœufs. Ah ! qu'il regrettait de n'avoir pas fait de concessions à Rouland.

La petite diminution demandée par le fermier les aurait peu gênés. Au lieu de cela, des hypothèques étaient mises sur la ferme. Il faudrait les rembourser un jour ou l'autre ; les intérêts couraient et il ne pourrait même point les payer à la date fixée si les bœufs ne se vendaient pas bien. Et puis, vivre, par là-dessus. C'est que sa femme restreignait les dépenses du ménage ! Elle n'achetait plus de rôti, le dimanche, et lui reprochait le cidre qu'il buvait !

Mme Goron, voyant que ce n'était pas Cyrille qui, le premier, lui parlerait de la ferme, aborda carrément la question.

— Ça ne va pas comme je voudrais, lui dit-elle, un soir, en rentrant. Je suis désolée de tout ce que j'ai vu de perdu là-bas.

Et elle raconta ses projets. Prendre un valet de ferme et faire valoir la propriété. Elle traverserait tous les matins la Seine et reviendrait tous les soirs. Et elle disait les avantages à tirer de l'élevage des poules, des cochons, de la récolte des légumes et des fruits. Elle ferait tailler les haies d'où l'on retirerait d'excellents fagots ; les pommiers morts seraient abattus, on les scierait.

Tout cela ne pouvait être fait que si on était là constamment, avec une surveillance active.

Et, pendant qu'elle parlait, ses yeux cherchaient à deviner sur la face alourdie de Cyrille l'impression produite.

— Oui, dit-il, enfin, mais ça va être des frais. Il va falloir acheter tous les ustensiles de la laiterie et tout le reste, un cheval.

Elle l'interrompit :

— Un cheval ? on s'en passera, on louera pour la journée celui des voisins quand on en aura besoin.

Elle avait bien l'intention d'en acheter un, ainsi qu'une voiture pour aller au marché, mais l'avouer, ç'aurait été effrayer Cyrille.

— Mais, dit celui-ci, et la cuisine ? Faudra bien que tu fasses manger ces gens-là, et puis toi...

Elle avait réponse à tout. Elle emporterait le nécessaire de la batterie de Jumièges. En laissant un déjeuner froid pour Cyrille, tous les matins, et revenant en temps pour lui préparer son dîner, c'était facile à faire. Il n'en souffrirait pas.

La literie pour le domestique ? N'avait-elle pas un lit au grenier, où ne couchait pas la femme de ménage, qui préférait aller toutes les nuits chez sa mère malade pour la soigner. Le lit était assez bon pour le domestique, qui n'était pas un prince.

Cyrille se dit peut-être qu'il serait encore plus débarrassé de la présence de sa femme qui devenait hargneuse et le maltraitait presque, lui reprochant son insouciance et son laisser aller.

Il accepta en disant :

— Ah ! mais, fais comme tu voudras !

D'ailleurs la dépense à faire pour acheter les jeunes volailles et le cochon n'était pas grosse. Quant aux trois vaches que voulait Mme Goron, on les trouverait à échanger contre deux des bœufs du troupeau.

## VII

La ferme était en pleine activité. Chaque jour, Mme Goron s'y rendait et sa surveillance active empêchait le *coulage* qui, d'après elle, avait été la cause de la gêne de Rouland.

Cyrille n'avait rien changé à son genre de vie. Il profitait maintenant de ce que sa femme, levée dès le petit jour, n'était plus là, pour faire la grasse matinée. Il engraissait à vue d'œil, ce qui faisait dire à sa femme :

— Ah ! si les cochons gonflaient comme toi, ça irait bien !

Quand il s'était levé, vers les huit heures, il allait se promener sur la berge, puis rentrait manger une bouchée. Ensuite il jardinait toute l'après-midi, avec des poses de sommeil lourd, sous la petite *tonnelle*, pleine de fraîcheur, où soufflait, embaumé par les clématites, le vent venant de la Seine.

Le soir, à la nuit tombante, il retournait sur la berge, à l'endroit où sa femme débarquait avec le père Sandré, enchanté de cet appoint régulier.

On avait traité le passage à forfait pour cinq sous par jour.

Et les semaines passaient avec monotonie. Mme Goron ne parlait plus de la ferme. Pour ce que Cyrille semblait s'y intéresser, était-ce bien utile ? Elle avait assez de souffrir sans en rien dire, car elle voyait, se l'avouant à peine, que le moment approchait de payer au prêteur de Caudebec l'intérêt des hypothèques.

Tous comptes faits, avec la vente des bœufs gras, des produits qui, régulièrement partaient au marché, on pourrait à peine recueillir une somme suffisante pour acheter des bœufs maigres et de nouveaux *élèves*, après avoir prélevé les impositions, les gages des domestiques. Et puis, cet intérêt était d'un taux trop élevé !

Et Mme Goron avait trouvé le moyen de tout arranger. Maintenant qu'elle faisait valoir la ferme, il n'y avait plus raison pour habiter la maison de Jumièges. Pourquoi ne la vendrait-elle pas ? Elle économisait ainsi de nombreux frais et remboursait avec l'argent de la vente la moitié au moins des hypothèques.

Cyrille, lorsqu'elle lui en parla, fit la grimace.

C'était dans sa vie un profond dérangement. Et puis, il se plaisait tant à Jumièges! Mais devant la nécessité il n'y avait pas à hésiter un seul instant. Alors une terreur le prit : comment passer l'eau ?

Ah ! cette fois, par exemple, c'était trop bête ! Mme Goron s'emportait. Comment, depuis plus d'un an, chaque jour, elle traversait la Seine, sur le bac du père Sandré, matin et soir, lui était-il arrivé le moindre accident? Il fallait se raisonner, enfin. Cyrille n'était plus un gamin ! Puis il refusait énergiquement :

— Ah ! j'passerai pas ! j'passerai pas !

Et, avec un entêtement féroce, il répétait cette phrase :

— Qui que tu veux? c'est plus fort que moi!

Une lettre de Rouen, arrivée le matin, annonçait qu'un des petits-enfants était malade. Il fut décidé que Cyrille irait le voir à Rouen, il pourrait traverser la Seine sur un pont et revenir à la ferme.

Mais, quel détour! Faire des lieues et des lieues, dépenser un argent fou, quand c'était si facile de monter sur un bateau, plat comme une voiture!

La maison de Jumièges fut mise en vente. Et, malgré que dans le pays Mme Goron eût pris soin d'expliquer que, maintenant, la maison leur était inutile, que c'était pour cela qu'ils s'en débarrassaient, on ne la crut point.

Le bruit courait que Mme Goron avait eu une mauvaise idée, que Cyrille ne tarderait pas à être ruiné. Il fallait qu'ils fussent bien bas pour se défaire d'une maison que leurs parents avaient pris tant de soins à bâtir, et si coquette et si pleine de commodités !

Les Rouland étaient de braves gens et M$^{me}$ Goron serait punie quand elle aurait à se repentir d'avoir été si dure avec eux ! Quant à Cyrille, il était vraiment trop bête de laisser sa femme le mener ainsi par le bout du nez.

Le père Sandré, ennuyé d'avoir perdu une bonne cliente, ne lui donnait pas raison, non plus.

En transportant sur son bac les meubles de la maison de Jumièges, il disait à M$^{me}$ Goron :

— Enfin, on se reverra, j'espère bien ! Faudra-t-y aller vous chercher, le dimanche, pour que vous veniez à la messe ?

Mais non, c'était fini. M$^{me}$ Goron

irait à la messe à une autre paroisse, du côté de sa ferme, car Cyrille ne pourrait pas aller d'un côté, elle de l'autre.

Ce qu'elle ne disait pas, c'est qu'elle souffrirait trop de revenir à Jumièges, où elle voyait qu'on se rendait compte de sa situation.

## VIII

La maison de Jumièges fut vendue à un jeune officier de santé, qui, ayant lu l'annonce dans les journaux de Rouen, eut l'idée de s'établir à Jumièges où il n'y avait qu'un vieux médecin dont il recueillerait bientôt la succession. Mais il ne pouvait donner que cinq mille francs en espèces. Pour les trois mille qui restaient, il fit des billets.

Cyrille essaya de rembourser la première hypothèque de cinq mille francs, prise sur sa ferme, en donnant au prêteur de Caudebec les trois mille francs de papier timbré et deux mille en argent. Mais le prêteur voulait de bonnes espèces sonnantes. Cyrille ne pouvait lui donner tout l'argent qu'il venait de recevoir, sa femme le lui ayant défendu.

Etait-ce avec les billets du médecin qu'il pourrait acheter le cheval et la voiture dont elle avouait maintenant ne pouvoir se passer ?

M^me^ Goron s'apercevait chaque jour des inconvénients de la culture, c'étaient mille frais qu'elle n'avait pas prévus.

Le domestique ne suffisait pas au travail et, à tout moment, il fallait lui adjoindre des hommes de journée qui coûtaient des prix fous, mangeaient comme quatre et buvaient, il fallait voir ! et ne faisaient rien ! Du temps où elle était à sa ferme avec ses parents, tout se vendait plus cher et les frais étaient moins élevés.

Puisque le prêteur voulait n'être remboursé qu'en espèces, ajoutant d'ailleurs que ça ne pressait pas, Mme Goron dit à Cyrille :

— L'argent ne fondra toujours pas dans notre tiroir, gardons-le. On en mettra de côté, il faut l'espérer, petit à petit on arrivera à les rembourser.

Cyrille ne faisait rien ; alourdi, rouge à être pris d'une attaque d'apoplexie, après le repas. Sa femme, toujours court vêtue, les pieds dans ses sabots, allait sans un moment de répit, travaillant comme une servante et ne semblant pas s'inquiéter de la situation à laquelle Cyrille ne voulait pas songer, sachant que cela lui aurait fait du mal.

Pour passer le temps, il avait envie de prendre un permis pour chasser, mais sa femme n'aurait pas manqué de lui faire remarquer qu'un louis est toujours bon à garder et que ce n'était pas le moment de faire de la dépense inutile. Aussi se contentait-il de tirer quelques lapins terrés dans une sapinière, au bout de sa propriété, avec une constante crainte de l'arrivée du garde champêtre, un mauvais coucheur, ami des Rouland.

Mais M$^{me}$ Goron lui enleva cette distraction en disant qu'elle louerait la chasse de la propriété au châtelain voisin, qui la lui avait demandée. C'était toujours trente francs par an de gagnés.

Les enfants de Rouen étaient de plus en plus dans la gêne. Des demandes d'argent arrivaient fréquemment. Cyrille en était ému et pensait qu'il était dur de ne pas envoyer les petites sommes demandées, alors que, dans son tiroir, les beaux rouleaux d'or étaient là, dormant.

Mais Mme Goron, à qui il en parla, répondit :

— Y songes-tu ? C'est malheureux, mais on n'y peut rien. Si tu n'as pas remboursé le prêteur de Caudebec, c'est-y eux qui l'empêcheront de nous ennuyer.

Et elle jetait d'un coup tout ce qu'elle avait sur le cœur. C'était vrai qu'ils avaient de la famille et que les affaires n'allaient pas. Mais sa bru était-elle une femme d'ordre ? Avec ça que quand ils avaient un peu d'argent, ils se gênaient pour fermer la boutique, le dimanche, et aller à la *Bouille*, en partie de campagne, avec toute la marmaille et en toilettes d'été trop voyantes ! Quand on n'est pas riche, il faut le savoir. Mais non, ils ne pensaient pas au lendemain, s'attendant, sans doute, à hériter d'eux, les vieux qui auraient travaillé toute leur vie, pour que les jeunes pussent se promener, la canne à la main. Et elle ajoutait :

— Comme on fait son lit, on se couche, pas ?

Le magot avait été cependant entamé. Le premier billet souscrit par le médecin ne devait échoir qu'à six mois de là. Les pommes avaient été brassées à la ferme, et n'avaient donné de cidre que ce qu'il en faudrait pour la consommation de la maisonnée. On ne peut pas rationner les domestiques qui ne se gênaient point pour vider leur *pot* chacun à tous les repas, sans compter la collation de cinq heures.

Cyrille les y aidait largement. Pendant la fenaison, un fût entier avait été vidé en huit jours, et les foins avaient, comme l'année précédente, été gardés pour la nourriture des bœufs pendant l'hiver.

Encore, la récolte était maigre. On avait été forcé de mettre les bestiaux dans le pré ; les herbages et les cours ne suffisant pas à leur nourriture. La sécheresse de l'année avait été désastreuse. Une des vaches était morte en vêlant. Le veau, malgré l'opération pour laquelle le vétérinaire demandait trente francs, n'avait pas vécu.

Une fatalité s'acharnait après eux. M^me^ Goron se révoltait, voulant espérer que cette malechance ne continuerait point et répondant à Cyrille qui lui disait ses inquiétudes :

— On ne te demande rien, pas ? *baguenaude* à ton aise et ne t'occupe pas du reste.

# IX

Comme elle revenait de Caudebec où elle était allée porter au prêteur l'intérêt des hypothèques prises sur la ferme, Mme Goron, pâle et nerveuse entra dans la cuisine où Cyrille, entre le domestique et l'homme de journée, prenait sa collation. Il attendait sa femme à la nuit tombante seulement et croyant n'avoir pas à craindre d'être surpris, s'était payé la fantaisie de régaler la maisonnée d'un extra.

Tous trois vidaient le carafon d'eau-de-vie de cidre.

En voyant la physionomie altérée de sa femme, il crut qu'il allait être grondé pour cette algarade, et rougit d'être pris en défaut.

— Qui que t'as? dit-il en souriant.

Mme Goron, sans répondre, traversa la pièce, et, montant l'escalier qui conduisait à la chambre du premier, dit, sans se retourner :

— Cyrille, viens jusque-là !

Les trois hommes se regardèrent et Cyrille se levant, dit :

— Enfin ! j'vas voir qui qu'elle a !

Et, lourdement, il monta l'escalier qui craquait sous son poids.

— All'a quequ'chose de pas bon à l'y dire, remarqua le domestique, allons-nous-en.

Mais, comme ils étaient seuls, ce n'était pas la peine de se gêner. Evitant de faire le moindre bruit, ils remplirent d'eau-de-vie leurs verres qu'ils vidèrent du coup, les yeux tournés vers l'escalier pour voir s'ils ne pouvaient être aperçus. Et tout bas :

— Ni vu ni connu...

— Ça va mal, là-haut...

Et ils sortirent, les mains dans leurs poches, avec un balancement des épaules, la blouse gonflée au vent comme une voile.

Ça allait très mal, en effet, Mme Goron racontait à Cyrille sa visite au prêteur de Caudebec.

Une jolie canaille ! Et l'homme d'affaires qui avait arrangé le marché ! Ah ! ils étaient gentils, les gens de loi et toute leur *séquelle !*

Quand elle était arrivée à Caudebec,

chez l'homme d'affaires du prêteur, elle les avait trouvés tous deux attablés, et, invitée à prendre le café, avait accepté. Après le paiement, l'homme d'affaires lui avait dit, avec son ton mielleux d'hypocrite :

— Ah ! ma pauvre dame Goron, j'ai une chose ennuyeuse à vous annoncer.

Le prêteur avait besoin, tout de suite, de ses dix mille francs, en bon argent ou en billets de banque, comme il les avait donnés. Tout de suite ! c'est-à-dire avant samedi soir. Elle avait eu beau crier que ça n'était pas possible, et pleurer, et se lamenter, rien n'y avait fait. Ils avaient le papier timbré en main. Seuls, ils pouvaient fixer une date au remboursement de l'argent prêté. Ils ne voulaient pas de billets à terme. Et s'ils n'avaient touché les dix mille francs le samedi soir, l'huissier arrivait le lundi matin.

— C'est pas Dieu possible ! gémissait Cyrille.

Mais si, c'était possible, puisque ça allait se faire. Ils avaient été volés, voilà tout. Volés par l'homme d'affaires et par le prêteur.

Ce n'était pas le moment de se lamenter. Il fallut se retourner. Trouver un autre prêteur ? C'était se jeter dans de nouvelles griffes. Quant à ramasser les dix mille francs avec ce qui restait d'or dans le tiroir, avec la vente des bœufs, en admettant même que quelqu'un en voulût, car la foire de Caudebec n'avait lieu que dans trois mois, impossible ! Il ne restait même pas d'espoir du côté du médecin de Jumièges. Il était en règle, ayant donné des billets, à date, acceptés.

— J'avons tout de même pas de chance depuis quelque temps, remarqua Cyrille.

Et comme il plantuit son regard dans les yeux mouillés de sa femme, elle lui dit d'un ton acerbe :

— Tu vas peut-être dire que c'est de ma faute ! C'est encore heureux que je sois là, car tu n'en sortirais pas !

Cyrille aurait bien désiré se révolter contre cette injuste tyrannie, mais il n'osait, sachant quelles scènes il aurait à subir et préférant avant tout une tranquillité qu'il avait, en somme, complète. Et, après avoir, sans ajouter un mot, descendu l'escalier au haut duquel se tenait sa femme, il leva les yeux. M$^{me}$ Goron ne pouvait le voir. Il versa ce qui restait du carafon d'eau-de-vie dans un des verres et l'ayant vidé, sortit, avide de grand air.

Non, il n'avait pas de chance. Après que, tranquille sur l'avenir, il s'était retiré du commerce des toiles à voile, cordages et instruments de pêche, pour venir habiter Jumièges, en cédant le fonds à son fils, il comptait bien n'avoir plus jamais d'ennuis d'argent. Les fermes ne restent jamais sans être louées.

C'était une fatalité ce qui leur arrivait. Et encore, n'était-ce pas par la faute de sa femme qui, trop dure avec les Rouland, n'avait pas voulu leur faire la petite diminution demandée.

De combien était cette diminution ? Il n'en savait même rien. Peut-être était-ce quatre ou cinq pistoles seulement ! Et, pour cette misère, voilà qu'ils étaient dans la gêne ! Ils se trouvaient à la merci de brigands comme le prêteur de Caudebec et l'homme d'affaires qui lui avait juré sur ses grands dieux que son ami l'usurier était le plus honnête des hommes !

Et sa femme avait raison. Sans elle il ne sortirait jamais de cette triste situation ! Il cherchait vainement une combinaison possible, mais il ne trouvait pas.

Quand, avec un violent mal de tête, il rentra à la ferme, après une promenade dans les cours, Mme Goron, qui préparait le dîner, lui dit :

— Tu sais que je vais les *refaire* ?

Il demeura surpris du calme qu'elle avait recouvré et ne répondit pas.

— Tu n'as pas l'air de me croire, ajouta-t-elle, pourtant, c'est bien simple. Ecoute donc.

Et, s'adossant, les bras croisés, à l'un des portants de la cheminée, elle lui dit son projet.

Combien devaient-ils au prêteur de

Caudebec ? 10,000 francs. Combien valait la ferme ? 45,000 francs, si l'on s'en tenait à l'estimation faite par tout le monde dans le pays. Hé bien ! elle y était décidée, puisque l'on ne trouvait pas de fermiers maintenant, puisque l'on avait trop de mal vraiment à y faire ses frais en travaillant comme des esclaves, elle était décidée à les laisser saisir la ferme et tout ce qu'il y avait dessus.

La ferme vendue, l'usurier ne toucherait jamais que les dix mille francs qu'on lui devait. Le reste de l'argent leur reviendrait, à eux, et le notaire qui avait négocié la vente de la maison de Jumièges le lui avait dit un jour : il vaut mieux avoir des rentes sur l'Etat, qu'on va toucher tous les trois mois, que de la terre qui donne tout le temps des soucis, et c'était vrai, ils le savaient trop.

Cyrille était abasourdi. Il ne reconnaissait plus le raisonnement sage de sa femme. C'était bien elle qui lui parlait ?

Placer de l'argent sur l'Etat ! Donner de bel or sonnant contre du papier ! Elle ne se souvenait donc plus des ruines dont on avait tant parlé à Rouen, autrefois ! Des gens riches à avoir voiture et calèche n'étaient-ils pas d'un coup tombés à être sans le sou, après avoir placé de l'argent de cette façon-là ! Il en avait trop vu pour y consentir !

Mais elle s'emportait devant cette opposition. Etait-ce assez bête ! Il se mêlait de parler des choses qu'il ne connaissait pas ! Est-ce qu'elle ne tenait pas autant que lui à ne pas finir ses jours sur la paille ? La prenait-il pour une écervelée ? C'était vrai qu'elle avait entendu parler de ruines survenues à la suite de jeux de Bourse. Mais elle n'y connaissait rien, à tout cela. Elle ne ferait pas comme ces fous dont il lui parlait. Non. Elle voulait faire acheter, par le notaire, des titres de rente sur l'Etat. C'était bien autrement sûr que de la terre. L'Etat ne peut pas faire faillite.

Et elle parlait avec volubilité à Cyrille, surpris de cette science financière qu'il ne connaissait pas à sa femme.

Ce qu'elle ne disait pas, c'est qu'en revenant de Caudebec, elle était allée voir le notaire de Jumièges pour lui dire son embarras. Le notaire lui avait donné une consultation, et elle ne faisait que répéter les phrases entendues dans cet entretien d'où elle était sortie enchantée.

C'était la seule issue à l'impasse où

elle était entrée. Le notaire avait raison. Cette fois, elle était décidée à suivre ses conseils. Mais en rentrant chez elle, Mme Goron n'avait pas voulu tout apprendre à Cyrille. S'attendant à des objections, elle aimait mieux, après lui avoir appris le coup dont les frappait l'usurier de Caudebec, lui laisser le temps de s'avouer qu'il ne pouvait, lui, trouver à ce mal aucun remède.

Et elle insistait en disant :

— Si ça ne te plaît pas, hé bien ! toi, cherche donc autre chose !

# X

Avec un sourire malicieux, M^me Goron avait reçu la visite de l'huissier venu pour lui apporter la sommation de l'usurier de Caudebec. C'est ça qui lui était égal! Cyrille était assez bête pour en avoir le rouge à la figure! Ça n'était pas déshonorant, après tout! Et quand elle aurait raconté à Jumièges la série d'événements qui les amenait là, on la plaindrait simplement, et il ne ferait pas bon à l'homme d'affaires et à l'usurier qui les avaient mis dedans, de venir se promener dans le pays.

L'huissier avait ordre de ne saisir que la ferme et non ce qu'il y avait dessus. C'était au propriétaire Goron qu'ils en voulaient.

Alors M$^{me}$ Goron comprit le jeu de l'usurier. Les affaires allant mal partout, il espérait que la ferme ne trouverait pas beaucoup d'amateurs.

Le jour où la vente publique en serait faite, par autorité de justice, les enchères ne seraient pas poussées. Alors l'usurier l'achèterait à bon compte. Il rentrerait d'abord dans les dix mille francs prêtés, puis, aurait pour presque rien une propriété superbe !

Une rage la prit à cette pensée. Mais il n'était pas possible de faire autrement que subir ce joug. Le notaire, à qui elle s'était ouverte de ses embarras, lui avait dit que, malgré toutes ses recherches, il n'avait pu découvrir un prêteur.

Et il lui avait fait sagement comprendre que c'était s'enfoncer plus aisément dans la ruine, si elle voulait s'obstiner à faire valoir.

Quand un bras est malade de la gangrène, il vaut mieux le couper, lui avait-il dit.

En mettant au plus mal, la ferme serait toujours vendue dans les quarante mille francs.

Après la restitution des dix mille francs au prêteur de Caudebec, il resterait aux Goron trente mille francs en bon argent, plus ce qui rentrerait des billets souscrits par le jeune médecin.

Cette somme placée sur l'Etat — et le notaire se chargeait de l'opération —

leur rapporterait quinze cents francs de rente.

Pour attendre l'échéance du premier trimestre, ils vivraient avec ce que donnerait la vente des quelques bestiaux restant sur la ferme.

N'était-ce pas mieux ? Plus de crainte de manquer de tout, ainsi qu'il leur était arrivé à cause du départ d'un fermier. Plus d'ennuis d'aucune sorte. Tout compte fait, avec les réparations et les impositions, la ferme ne leur valait pas plus de revenu qu'ils n'en auraient maintenant avec les titres.

En somme, l'expérience de M^me^ Goron aurait pu lui coûter plus cher. Cyrille lui-même en convenait et s'était tranquillisé.

# XI

C'ÉTAIT fait. La ferme des Goron appartenait à l'usurier de Caudebec.

Par une bravade idiote, l'usurier et l'homme d'affaires étaient allés voir les Goron dans la maison d'où ils les chassaient avec une honnêteté légale qui suffisait à leur assurer de n'être pas jetés à la porte de la ferme.

Ils n'avaient pas fait une aussi bonne affaire, après tout. Le notaire avait dit juste. Cette fantaisie revenait à une quarantaine de mille francs, avec les frais d'actes. Par un hasard inattendu, deux gros propriétaires voisins avaient poussé les enchères. L'usurier, piqué au jeu, s'était emballé, car il n'avait pas compté là-dessus, espérant qu'il ne lui en coûterait pas plus de trente mille francs de cette ferme qui en aurait valu cinquante mille dans des temps meilleurs.

Cette pensée égayait M^me Goron qui reçut les visiteurs, sans contrainte. Tous trois parlèrent presque amicalement.

— Qui que vous voulez ! Les affaires, c'est les affaires ! disait l'usurier.

— Bien entendu ! répondit-elle.

M^me Goron ne lui rappela point qu'il avait prétexté un grand besoin d'argent pour exiger le remboursement immédiat de l'hypothèque. Le fieffé menteur ! Il en avait si peu besoin qu'il pouvait disposer de trente autres billets de mille. Car la ferme était achetée au comptant !

Et ils prirent ensemble leurs arrangements. L'usurier ne voulait pas la mort des gens. Loin de là. Il priait Mme Goron de rester sur la ferme jusqu'au terme prochain, à l'arrivée d'un fermier, déjà trouvé, mais avec qui il n'avait pas encore signé de bail, ne voulant s'engager qu'après renseignements. Car, il faudrait que celui à qui il louerait son bien ait les reins assez solides pour acheter beaucoup de bétail et faire valoir en grand. Il n'y a rien de si mauvais pour une ferme que de ne pas en tirer tout ce qu'elle peut donner.

Quant à l'argent qui revenait aux Goron, où fallait-il qu'il le versât ?

Chez eux directement ? Mme Goron ne voulait pas avoir dans son armoire une aussi forte somme. Il fut convenu que les 30,000 francs seraient déposés chez le notaire de Jumièges, lequel traiterait avec l'avoué de Caudebec qui s'était occupé de la vente.

Et ces gens qui se détestaient, causaient avec des inflexions de voix amicales. Leur fausseté se voyait dans les regards et des plissements de lèvres. Mme Goron se faisait aimable, les invitant à ne point partir sans prendre la petite collation. Ça n'était pas de refus. Mais un rien suffisait. Deux cruches de cidre, une demi-tourte de pain, un fromage et un carafon d'eau-de-vie y passèrent.

Puis, l'usurier et l'homme d'affaires voulurent prendre congé de Mme Goron :

— Et bien le bonjour à votre mari !

— Ah ! vous allez peut-être le rencontrer ; il est allé jusqu'au bout de la grande herbage faire un petit bout de causette avec un voisin.

Ils se saluèrent avec des poignées de mains. Les deux hommes partirent le long de la cour, pendant que Mme Goron, debout sur le seuil de la porte, les regardait s'éloigner.

Ah ! quelle jolie paire de filous, pensait-elle. Mais elle n'avait pas osé leur dire ce qu'ils valaient. Vaut mieux être bien avec le diable, malgré tout. Puisqu'il n'y avait rien à y changer, c'était fini, réglé, autant faire bonne figure, quitte à penser, au fond, ce que l'on veut.

Et elle avait cette vague crainte des paysans pour tout ce qui touche à la procédure. L'homme d'affaires l'intimidait ; avec ces gens-là on ne sait jamais si on a tort ou raison et on finit toujours par être mis dedans. Elle venait d'ailleurs d'en faire l'expérience.

Les deux hommes marchaient sous les pommiers, inspectant et appréciant la ferme. L'usurier disait ses projets. Il créerait une pépinière qui ne coûterait presque rien. En dix ans, le pépin a donné un pommier bon à planter et qui fournit après peu, sa *razière* de fruit. C'était l'avenir. Le phylloxera n'a pas laissé de vignobles dans la moitié du pays où il y en avait. On falsifiait tous les vins. Il faudra bien que les Parisiens, un jour ou l'autre, se mettent à boire du cidre. Et c'est alors que la Normandie gagnera de l'argent ! Et les malins avisés comme lui auront un revenu assuré, rien qu'avec la récolte des pommes ; car, le cidre renchérira lorsqu'il sera exporté en grand, au lieu d'être la boisson consommée seulement dans le pays d'origine.

L'usurier recevait, à son café, un journal où il avait lu le discours économique d'un député normand. C'était ces idées-là qu'il émettait, se servant des termes parlementaires, avec un ronflement de ses phrases qui détonnaient et surprenaient comme un son de cuivre qui sortirait d'une flûte.

Qu'en pensait l'homme d'affaires? N'était-il pas de cet avis? Il y avait bien des changements à opérer; par exemple, faire creuser des rigoles dans le pré du vallon, y détourner, de temps en temps, le cours du petit ruisseau. L'herbe y pousserait plus drue et la récolte du foin doublerait.

Une chose encore qu'il ne souffrirait pas, c'était l'élevage des bœufs.

Il le défendrait à son fermier, formellement. Ça tue la terre. Ils rongent l'herbe et leur fumier ne vaut rien. Ce n'est bon qu'à faire en grand, dans les herbages des vallées, mais dans les cours, sous les pommiers, c'était de la folie. Et maintenant qu'on voit arriver tant de viandes d'Amérique! N'était-ce pas là ce qui avait ruiné les Goron? Il ne voulait pas les blaguer, ces pauvres gens, mais vraiment ils étaient trop bêtes. Et ce Cyrille, pourquoi donc s'était-il laissé mener comme ça par sa femme! Et pourquoi n'était-il pas là, tantôt? Il avait dû s'enfuir en les voyant arriver.

— Cyrille! cria longuement une voix perçante.

Dans le calme de l'air ce cri monta, répété trois fois. C'était Mme Goron qui devant sa porte, appelait son mari.

L'usurier et l'homme d'affaires virent une silhouette vaciller sur la crête de la colline, aux arêtes nettement tranchées sur la grisaille du ciel qui s'embrumait.

Cyrille sortait du poste où, toutes les après-midi, il montait pour voir, par delà le ruban de Seine, la petite maison de Jumièges où il avait été si heureux.

## XII

Pendant que Cyrille déjeunait avec les domestiques, Mme Goron s'habillait dans la chambre, au-dessus de la cuisine. Elle l'appela.

— Tu sais que je m'habille pour aller jusqu'à Jumièges.

— Quoi que t'y vas faire ?

— C'est pour voir si le notaire a reçu l'argent de la ferme. Et puis pour leur demander un reçu.

— Bon, dit Cyrille. Mais fais bien

attention à ce que tu vas arranger avec lui.

— Mais, répondit-elle, je ne vais rien arranger de définitif. Il m'a dit l'autre jour qu'il faudrait que tu signes des papiers. Comme tu ne peux pas y aller, il en sera quitte pour se déranger. V'là tout. Il passera le bac du père Sandré avec ses papiers.

— Ah bien, dit Cyrille, si c'est comme ça, j'irai bien jusqu'au bord de l'eau. Ces gens-là, ça n'aime pas trop à se déranger, tu sais. Inutile qu'il vienne jusque chez nous. S'il est là, dis-lui que je serai à t'attendre sur la berge.

— Bon, répondit-elle, mais, tu vas faire un bout de toilette.

— J'suis-t-y pas bien comme ça ? s'exclama-t-il.

C'était une de ses manies de vouloir

garder toujours sur lui ses vieux vête-ments. Pourtant, il se fit beau, rem-plaça par un veston gris la blouse bleue qu'il portait depuis qu'ils habitaient la ferme et sa casquette par un chapeau de feutre mou à larges ailes.

Puis, ils partirent à travers les cours, pour arriver plus vite, enjambant les *échaliers* pratiqués dans les haies. Ils ne disaient mot. Lui s'arrêtait de temps en temps, essoufflé, s'épongeant le front avec son large mouchoir de co-tonnade rouge et jaune.

— Quelle rude côte ! dit-il.

— Bah ! tu ne la monteras plus sou-vent, répondit-elle.

Arrivés au sommet, ils redescendi-rent l'autre versant. Elle lui dit son projet de retourner à Jumièges. Elle se moquait pas mal de l'opinion des gens ! On n'y penserait d'ailleurs plus au bout d'un mois. Le père Sandré lui avait dit que le médecin ne faisait pas ses affaires dans le pays. Il ne plaisait pas. On le trouvait fier. Et puis c'était un singulier médecin, tout de même. Quand on l'appelait pour un malade, il venait, regardait et disait toujours : « Un peu de repos, mangez bien, ne changez rien à vos habitudes. Ça ne sera rien ! » A-t-on idée de ça ?

Il ne faisait jamais d'ordonnances ! c'est que probablement il ne savait pas.

Et de l'avis de tous, il serait forcé de s'en aller. Il prenait déjà à crédit chez tous ses fournisseurs.

Eh bien ! au premier billet, s'il ne payait pas recta, l'affaire était nette, elle le ferait saisir, et la maison leur reviendrait à bon compte. Ils auraient presque autant de rentes que par le passé, moins de tracas. On oublierait la mauvaise aventure de la ferme. Car elle convenait maintenant n'avoir pas eu une très bonne idée, ni surtout bonne chance.

Cyrille, étonné de voir qu'il n'aurait pas trouvé cela tout seul, avouait que décidément sa femme était précieuse. C'était bien elle qui l'avait mis dans l'embarras, mais elle l'en tirait. Il n'avait rien à dire.

Mais c'était bien ennuyeux d'être forcé de faire encore le voyage par Rouen pour retourner à Jumièges.

Mme Goron lui dit :

— A quoi penses-tu donc ?

— Moi ? à rien.

— Ça ne te plaît pas, ce que je viens de te dire ?

— Mais si, mais si, tu sais bien que je te laisse toujours faire comme tu veux !

— Et je ne le fais pas bien, peut-être ?

Par bonheur, le père Sandré se trouvait, avec sa barque, de ce côté de la Seine.

Mme Goron y monta, laissant, sur la berge, Cyrille qui regardait s'éloigner sa femme. Cela lui rappela le temps où, sur l'autre bord du fleuve il la voyait partir pour surveiller les travaux de la ferme. Son ancienne demeure était là-bas, derrière une ligne de peupliers qui lui en cachaient tout une moitié. Il ne pouvait en détacher ses yeux, où perlaient des larmes d'attendrissement, à la pensée qu'il allait bientôt y revenir, vivre de la vie d'autrefois, si tranquille et exempte de soucis.

Des bateaux passaient. C'étaient de grands steamers à vapeur, chargés de cotons, qui remontaient à Rouen. Leurs flancs, peints en rouge cru, étaient reflétés dans l'eau que faisait bouillonner le tournoiement de l'hélice.

Puis, des trois-mâts, voiles pliées, que traînait un remorqueur crachant des nuages de fumée noire. Et ensuite, des yachts étroits et longs, d'où partaient des bruits de voix joyeuses. On s'amusait, là-dedans. Quelques barques que montaient des gamins de Jumièges allaient et venaient. Cyrille se demanda quel plaisir éprouvaient la moitié de ces gens-là, à naviguer et plaignit l'autre moitié d'avoir à le faire pour gagner le pain quotidien.

Sa femme tardait à revenir. Il poussa jusqu'à un cabaret où il l'attendrait en vidant un pot de cidre. Il la verrait venir, de loin.

Cyrille s'était assis devant la porte du cabaret et vidait la bouteille en causant avec le patron de l'établissement :

— C'est du maît' cidre, disait ce dernier.

— Oh ! avec un petit baptême, répondait Cyrille, en clignant de l'œil.

— Non, parole d'honnête homme, il est tel qu'il est sorti du pressoir !

— C'est donc qu'il a rudement plu, l'an dernier, sans que je m'en sois aperçu, et que les pommes étaient pleines d'eau !

— Ça ne fait rien, répliquait le patron, il monte à la tête.

Une heure s'était passée sans que revînt M^me^ Goron. Cyrille s'en émut. Qu'avait-il pu arriver ?

— Buvez donc par là-dessus une petite goutte ! ça vous tranquillisera, dit le cabaretier à qui Cyrille faisait part de son inquiétude.

Un carafon d'eau-de-vie de cidre fut apporté et, quand Cyrille en eut bu deux verres, il se leva, un peu titubant, pour aller « lâcher de l'eau. »

— Où que vous allez ? dit le cabaretier.

— Quelque part où le roi n'envoie pas ses ministres ! Je m'en vais dans un coin de vot' jardin !

— C'est pas la peine de vous promener si loin. Allez jeter ça à la rivière, vous ne la ferez pas déborder.

Cyrille traversa la chaussée et se planta sur la berge, face à la Seine. Comme il se tenait là, les deux mains occupées, il reçut un coup sur l'épaule. Croyant à une plaisanterie du cabaretier, il ne se détourna pas. Un second coup lui étant donné, il entendit :

— Maît' Cyrille ! maît' Cyrille !

La voix, sourde et comme funèbre,

le fit tressaillir. Il se retourna et vit le père Sandré.

— Ah ! que tu m'as fait peur ! sacré mâtin ! Hé bien, et ma femme ? tu ne me l'as pas ramenée. Je ne t'ai pas vu traverser la rivière.

Ses yeux étaient pleins d'eau. C'était l'effet que lui produisait l'absorption de l'eau-de-vie de cidre. Il aurait été incapable de voir, à dix pas, les objets, autrement que brouillés.

Le père Sandré ne répondait rien ;, avec un air embarrassé, il regardait Cyrille qui hoquetait en disant :

— Son petit cidre monte à la tête, il avait raison.

Et son regard était plein de tristesse apitoyée.

— Mais quoi que t'as à me regarder comme ça ? dit Cyrille.

— Il y a, qu'il vous arrive un grand

malheur, répondit le père Sandré.

— Quoi ? où est ma femme ?

— Mme Goron est chez le médecin qui la soigne comme qui dirait d'un haut mal. Elle pousse des cris, elle pleure, bref, elle est bien malade.

— Qu'est-ce qu'elle a ? cria Cyrille.

— Je ne sais pas, mais quand je l'ai passée de l'autre côté, elle m'a dit qu'elle allait chez le notaire chercher des papiers et de l'argent, pas ?

— Oui, eh bien !

— Eh bien, quand nous avons débarqué, on lui a dit que le notaire avait filé depuis ce matin, en laissant une lettre où il disait qu'il s'en allait à l'étranger. Il a joué, à ce qu'il paraît, il avait des cocottes au Havre, et puis à Rouen. Tout ça, c'était de l'argent au pauvre monde.

— Est-elle allée chez le notaire ?

— Oui, j'y ai couru avec elle. Tous les volets étaient fermés. C'est tout ce qu'il y a de plus vrai ! Ma commission est faite, c'est le médecin qui m'a dit de venir vous raconter ça. Je m'en retourne voir si votre femme va mieux.

Cyrille ne répondit rien. Il restait debout, sur la berge. Une rougeur violente lui montait au front.

Le père Sandré, dans sa barque, s'éloignait.

Un bruit de chute dans l'eau le fit se retourner. Il ne vit plus Cyrille à l'endroit où il l'avait quitté.

Alors, il revint, à force de rames, à l'endroit où de grands ronds s'étaient formés sur la nappe. La Seine est profonde à cette place, une des plus dangereuses du pays. Rien ne remonta à la surface.

Il appela au secours. Le cabaretier

accourut, puis, mis au fait, alla chercher un croc chez un pêcheur de ses voisins. On chercha longtemps. Au bout d'une demi-heure, le père Sandré ramena le corps de Cyrille Goron.

Il avait sans doute été pris d'une attaque d'apoplexie qui l'avait fait tomber sur le sol et, de là, rouler dans l'eau.

Les méchantes langues commençaient à parler de suicide.

## XIII

Est-ce curieux, tout de même, un homme qui avait tant peur de se noyer, qui finit comme ça ?

Le père Sandré affairé, allait répéter cette phrase à tous les groupes qui s'étaient formés sur la berge. On attendait le convoi qu'il allait passer sur son bac, de l'autre côté de l'eau.

Croiriez-vous, continuait le passeur, qu'il n'a jamais voulu traverser la Seine sur ma barque, de peur d'accident ?

Pour aller à sa ferme, il a fait le tour par Rouen ! Et il allait en faire autant pour revenir à Jumièges, puisqu'il était sur le point de quitter la place qui est cause de tout son malheur ?

Mme Goron avait tenu à faire enterrer son mari dans le cimetière de Jumièges, à côté de ses parents, à elle. C'est pourquoi le curé, avec deux petits clercs, avait traversé la Seine sur le bac du père Sandré, pour aller à la ferme chercher le corps du malheureux Goron.

Le suicide n'étant pas prouvé, le prêtre n'avait pas cru devoir refuser la sépulture religieuse.

Le passeur qui ne s'était pas servi de son grand bac depuis le soir où il avait transporté les bœufs que Mme Goron était allée vendre à Caudebec, en inspectait une dernière fois les jointures.

Un peu d'eau filtrait, en dessous, mais il n'y avait rien à craindre ; les planches étaient solides.

Une brume était étalée sur la Seine, à chaque instant plus épaisse.

Le père Sandré se souvint du jour où il avait rencontré, sur la berge opposée, Cyrille qui attendait son fermier, un jour de terme.

Il se rappela leur conversation, les terreurs du pauvre défunt devant l'eau pleine de mystère. Et il se dit :

— S'il n'était pas mort, il refuserait de passer !

— V'là l'enterrement ! lui dit un gamin qui sauta dans le bac, avec l'espoir d'y rester et de traverser la Seine.

— Vas-tu te sauver d'ici ! cria le père Sandré qui ajouta solennellement, en regardant les groupes :

— Je ne reçois que le corps, le clergé et la famille, à cause de la solidité de mon bateau. On fera un autre voyage pour les assistants.

Le cercueil, couvert d'un drap noir semé de larmes d'argent, fut roulé, à l'aide de bouts de bois, dans le bac et placé au milieu. A l'avant se placèrent le curé en surplis et les deux petits clercs habillés de soutanes rouges. L'un d'eux portant la croix piquée au bout d'un bâton peint en blanc. A l'arrière prirent place le fils du défunt, arrivé de Rouen, la veille au soir, et le père Sandré qui, avec un long aviron, se mit à godiller, après que deux hommes eurent lancé sur le courant, le bac, à l'aide de perches.

Le bac était à peine à dix mètres du bord qu'un clappement s'entendit.

— C'est le vapeur de Rouen, s'écria le père Sandré ! j'ai oublié que c'était son heure !

— Qu'est-ce qu'il y a ? dit le prêtre s'interrompant au milieu d'un *de profundis !*

— Monsieur le curé, dans le brouillard, le vapeur ne va pas nous voir, il est fichu de nous aborder ! Gare à l'avant !

On entendait grossir le bruit des aubes battant l'eau.

— Navire à l'avant ! cria une voix.

Un choc s'entendit. Le vapeur avait pris en travers le bac qui chavira. De la rive, deux barques étaient parties, leurs patrons ayant entendu le bruit des roues du vapeur et des éclats de voix et prévoyant ce qui se passait.

Le curé, les clercs, le fils Goron et le

père Sandré furent retirés de l'eau sains et saufs. Ils s'étaient retenus aux épaves du bac fendu en deux, mais qui flottait.

Le cercueil avait disparu par la fente et était parti à l'eau.

## XIV

C'AVAIT été un joli potin dans le pays. Les blagueurs faisaient des gorges chaudes à propos de cet événement.

Sans compter, ajoutaient les mauvaises langues, que le curé ne l'avait pas volé. Pour ramasser les écus que lui rapporte un enterrement, il avait consenti à donner la cérémonie religieuse à un homme qui s'était peut-être suicidé. C'est le bon Dieu qui l'avait puni. Le noyé était retourné à l'eau. C'était justice. Le curé avait pris un bain, c'était bien fait. Et ce pauvre Goron qui avait peur de l'eau, qui y retournait, malgré tout le monde et qui y resterait !

Car son fils, resté à la ferme avec la veuve, avait, lui aussi, drôlement agi.

L'émotion calmée, après deux jours, on lui avait proposé de repêcher le cercueil de son père. D'abord il n'avait pas dit non.

Mais les recherches du père Sandré et d'un pêcheur, armés de crocs, n'avaient pas abouti. Le courant avait certainement emporté le cercueil à quelques centaines de mètres. On avait eu beau chercher pendant des journées, on n'avait rien trouvé.

La seule façon de réussir était de

faire venir du Havre des scaphandriers, qui, avec leurs appareils, descendraient au fond du fleuve et, s'y promenant comme dans un champ, découvriraient certainement la dépouille du pauvre père Goron.

Mais cela coûtait des prix fous. Et les Goron ne pouvaient, en ce moment, se livrer à de pareilles dépenses.

Ce qui n'avait pas marché tout seul, non plus, c'était le règlement des comptes avec le curé qui avait envoyé une note pour se faire payer de la cérémonie religieuse et de la fosse creusée.

— De quoi ? avait dit le fils Goron. Est-ce que vous avez dit la messe, avec le derrière mouillé, comme vous étiez ? Quant à la fosse, elle est creusée, c'est vrai. Mais, est-ce que papa est dedans ?

Et il n'avait pas déboursé un centime. D'ailleurs, avec la meilleure volonté du monde, il lui était difficile de se dessaisir d'une somme quelconque. Il n'était que trop vrai que le notaire avait disparu en emportant l'argent que sa mère allait chercher le jour où son père était mort.

Mme Goron n'avait pas perdu la tête. Devant cet effondrement de son bien-être et de son bonheur, la paysanne qui était en elle s'était réveillée.

Et, vite, elle avait bâti son plan :

Se proposer à l'usurier comme fermière de son ancienne propriété. Y faire venir son fils et sa famille qui, se trouvant dans la gêne, acceptaient cette situation. Y travailler avec acharnement, non plus en amateurs, mais en paysans, durs au travail, économes. Ils arriveraient parbleu bien à vivre, payer le loyer et mettre de l'argent de côté.

Comme il fallait acheter des bestiaux, des instruments de travail, elle y emploierait l'argent que devait encore le médecin. La guigne qui la poursuivait semblait être partie avec ce pauvre Cyrille. Peut-être, un jour, pourrait-elle, avant de mourir, laisser à son fils la ferme reconquise et rachetée à l'usurier. Ses parents, à elle, avaient bien fait ainsi.

## XV

Quelle drôle d'idée vous avez là, Madame Goron, de venir, par un froid de chien, faire une promenade sur la Seine !

— Mon père Sandré, puisque je vous paye, qu'est-ce que ça vous fait.

— Ça me fait plaisir. Je viens de payer mon terme, et je n'ai plus le sou.

Mme Goron monta dans la barque du passeur, s'assit à l'arrière et posa sur ses genoux un panier fermé.

— Où qu'y faut que j'aille, dit le père Sandré.

— Où vous voudrez, répondit-elle. Mais, en descendant le courant : et vous remonterez quand je vous le dirai.

La barque allait lentement. Mme Goron, vêtue de noir, avec un long voile, fit un signe de croix et, tirant de son panier un petit paquet, le jeta à l'eau.

Le père Sandré qui n'avait pas eu le temps de voir l'objet ainsi lancé demanda :

— Je suis bien curieux, mais qu'est-ce que vous jetez comme ça dans la Seine ?

— Mon pauvre défunt y est, dans la Seine, répondit-elle, vous le savez bien, mon père Sandré.

— Ah ! oui, dit-il, et que je me rappelle bien l'accident !

— Eh bien, dit la veuve, en pleurant,

c'est aujourd'hui la Toussaint, on porte des fleurs aux morts ; j'ai fait des bouquets que j'ai attachés à une pierre, et je les jette à l'eau. Il y en a bien un qui ira le trouver !

SPES·IN·LABORE
DARANTIERE

www.ingramcontent.com/pod-product-compliance
Ingram Content Group UK Ltd.
Pitfield, Milton Keynes, MK11 3LW, UK
UKHW020227220726
13923UKWH00002B/550